# El Principito

Antoine de Saint-Exupéry

EDITORES MEXICANOS UNIDOS, S. A.

CLÁSICOS
PARA NIÑOS

D. R. © Editores Mexicanos Unidos, S. A.
Luis González Obregón 5, Col. Centro.
Cuauhtémoc, 06020, Ciudad de México.
Tels. 55 21 88 70 al 74
Fax: 55 12 85 16
editmusa@prodigy.net.mx
www.editoresmexicanosunidos.com

*Coordinación editorial:* Mabel Laclau Miró
*Diseño de portada e ilustración de interiores:* Azael Hernández
*Versión abreviada y prólogo:* Rolo Diez
*Formación y corrección:* equipo de producción de
Editores Mexicanos Unidos, S. A.

Miembro de la Cámara Nacional
de la Industria Editorial. Reg. Núm. 115.

*Para ventas comunicarse al: 3329-0130*

Edición 2018

ISBN (título)     978-607-14-1772-5
ISBN (serie)      978-607-14-1764-0

Impreso en México
*Printed in México*

ISBN 978-607-14-1772-5

9 786071 417725

# Índice

# Prólogo

En forma de libro para niños, *El Principito* es un texto adecuado para todas las edades. Ninguna persona, por anciana o experimentada que sea, dejará de apreciar la magia y la ternura que acompañan a ese pequeño ser llegado del cielo. En cambio sí, todo lector encontrará aquí los profundos pensamientos que colocan a los seres humanos frente a los asuntos importantes de la vida.

El autor de *El Principito* fue Antoine de Saint-Exupéry, un escritor y aviador francés que combatió en la Segunda Guerra Mundial. El 31 de julio de 1944 salió de la isla de Córcega en una misión de reconocimiento y dejó un mensaje que decía: "Si me derriban no extrañaré nada. [...] Yo nací para jardinero. Me despido, Antoine de Saint-Exupéry". No regresó y su muerte sigue siendo un misterio. En el año 2004, un equipo de submarinistas franceses encontró restos del avión que manejaba en las aguas del mar Mediterráneo, cerca de la ciudad de Marsella.

De Saint-Exupéry no tuvo hijos, pero en una carta dirigida a su madre le confesó: "Tengo mucho amor de padre guardado. Querría tener muchos pequeños Antoines...". Ese amor a los niños es lo que lo llevó a escribir esta historia.

El escritor acostumbraba hacer dibujos en las servilletas de los restaurantes. Una vez comió con un editor y este, cuando vio lo que dibujaba, le propuso escribir un libro sobre un pequeño hombrecito. Y así fue que nació *El Principito*.

Un personaje importante en *El Principito* es una flor, igual a una mujer coqueta, pero muy buena, y quizá podemos pensar que ese aviador y escritor que se despide después de decir que nació para jardinero, tal vez se fue a visitar el pequeño planeta de su amigo el Principito, y allí está, cuidando a la única flor que lo alegra.

Este libro que tienes en las manos es uno de los más apreciados y difundidos entre todos los que se han escrito. Solo falta que lo conozcas tú, y a eso te invitamos. Estamos seguros de que el Principito será tu amigo.

# EL PRINCIPITO

## 1

A los seis años, en un libro sobre la selva, vi el dibujo de una boa que se tragaba a otro animal.

Ahí decía que las boas podían tragar animales enteros, sin masticarlos, y después duermen durante seis meses.

Entonces, con un lápiz de color, hice este primer dibujo:

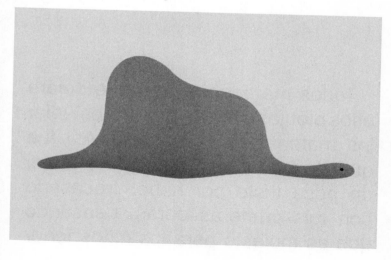

Se lo mostré a unas personas mayores y dijeron que era un sombrero. Entonces, como los adultos siempre necesitan explicaciones, lo dibujé por adentro, para que se viera que era una boa que se había tragado un elefante.

Todos me aconsejaron que dejara esos dibujos y me dedicara a estudiar las materias de la escuela. Así fue que dejé el dibujo a los seis años, un poco triste por haber fracasado con mis primeras obras, pensando que es molesto para los niños tener que darle siempre explicaciones a los adultos, y cuando crecí me dediqué a manejar aviones.

Viajé por todo el mundo y siempre hacía una prueba con la gente adulta: cuando encontraba a alguien que parecía inteligente le mostraba mi primer dibujo, el de la boa cerrada, y si me decían que era un sombrero cambiaba de conversación y le hablaba de política y de corbatas. Así esa persona mayor se quedaba contenta y pensaba que yo era muy razonable.

## 2

Hace seis años, volaba yo solo y tuve un problema que me hizo aterrizar en el desierto del Sahara. Esa noche me dormí pensando que debía arreglar mi avión, preocupado porque solo tenía agua para beber ocho días. Al despertar escuché una simpática vocecita que decía:

—Por favor, dibújame un cordero.

De un salto me puse de pie, muy asombrado al encontrar a alguien en el desierto. Era un extraño hombrecito, como un niño perdido, al que más tarde lo dibujé así:

—Pero… ¿qué es lo que haces tú aquí? —pregunté sorprendido.

El hombre-niño no respondió a mi pregunta. Más tarde me di cuenta de que nunca contestaba a interrogatorios.

—Dibújame un cordero —repitió dulcemente.

Yo le hice uno de los dibujos que sabía hacer: el de la boa cerrada a la que llamaron "sombrero", pero él me respondió:

—No quiero un elefante dentro de una boa. Las boas son peligrosas y los elefantes son muy grandes. En mi casa todo es pequeño. Lo que quiero es que me dibujes un cordero.

Entonces se lo dibujé:

Pero él lo rechazó, dijo que era muy viejo, que estaba enfermo, que más que cordero parecía un carnero. Y como yo tenía que arreglar mi avión, le hice este dibujo:

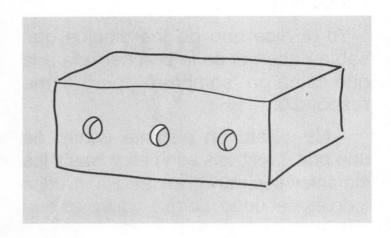

Le dije: "Esto es una caja, el cordero está adentro". Él se puso contento y dijo que así lo quería. Así conocí al Principito.

# 3

Me llevó tiempo entender de dónde había venido el Principito. Él me hacía muchas preguntas, pero no contestaba las mías. Me preguntó por mi avión, le expliqué que volaba. Él siguió:

—¿Cómo? ¿Caíste del cielo?

Le dije que sí y él se divirtió mucho, soltó una alegre carcajada y siguió preguntando:

—Con que tú también vienes del cielo. ¿De qué planeta llegaste?

Entendí que él sí venía de otro planeta. Quise saber de cuál, pero no me dijo nada. Sacó el dibujo del cordero de su bolsa y se quedó observándolo.

Yo de nuevo le pregunté de dónde venía y a dónde quería llevar a mi cordero. Él respondió:

—Está muy buena la caja que le dibujaste; de noche le servirá como casa.

Prometí darle una cuerda para atarlo y una estaca, pero él dijo que esa era una idea muy rara.

Yo insistí en que si no lo ataba, el cordero podría irse y perderse, pero él volvió a reírse.

—Pero ¿a dónde quieres que vaya?

—No lo sé, quizá hacia adelante... siempre derecho.

Él se puso serio y respondió:

—No importa dónde vaya, el lugar en que vivo es muy pequeño.

Y añadió:

—Hacia delante de uno, siempre derecho, no se llega muy lejos.

# 4

Aprendí otra cosa importante: el planeta del Principito era grande como una casa.

No me extrañó tanto porque sé que así como hay planetas muy grandes, otros son tan chicos que hasta cuesta verlos con el telescopio. Creo yo que el planeta del Principito era el asteroide llamado B-612, que fue descubierto por un astrónomo turco, quien hizo una gran demostración en un congreso de astronomía. Pero como iba vestido de turco, nadie le hizo caso. Años después volvió a hacer su demostración, pero como entonces lucía un traje muy elegante y corbata, todo el público lo aplaudió y estuvo de acuerdo con sus pruebas.

Eso pasa con los adultos. Lo que les gusta son los números. Si se les habla de un nuevo amigo, nunca cuestionan lo más importante. No preguntan ¿cómo es su voz?, ¿cuáles son sus juegos preferidos?, ¿colecciona mariposas?; sino que preguntan ¿qué edad tiene?, ¿cuánto pesa?, ¿cuántos hermanos tiene?, ¿cuánto gana su padre?

Por eso si se le dice a un adulto que la prueba de que el Principito existió es que reía, que era encantador, que deseaba un cordero, no lo entienden ni lo creen.

Pero si se les dice que venía del asteroide B-612, entonces lo creerán y estarán conformes. Así son las personas mayores, por eso los niños deben tenerles paciencia.

Yo dibujo al Principito y cuento cómo era para que nunca se me olvide. Es triste olvidar a un amigo y volverse como los adultos que solo se interesan por los números.

Hace ya seis años que mi amigo se fue con su cordero. Yo no quiero dejar de recordarlo. Por eso he comprado otra caja de lápices de colores y sigo dibujándolo.

Aunque es difícil, cuando uno solo ha dibujado antes una boa cerrada y otra abierta con un elefante adentro. Pero trataré de hacer su retrato lo más parecido que pueda.

Desgraciadamente, yo no sé ver un cordero encerrado en una caja. Creo que soy un poco como los adultos. Debo haber envejecido.

# 5

Al tercer día de estar con el Principito, conocí el drama de los baobabs. Supe de ellos gracias al cordero, porque mi nuevo amigo tenía dudas y de pronto me preguntó:

—¿Es verdad que los corderos se comen los arbustos?

Cuando le dije que sí, se puso muy contento y añadió:

—Entonces, ¿también se comen los baobabs?

Yo intenté hacerle entender que los baobabs eran árboles muy grandes y que ni un montón de elefantes se podrían comer uno solo de ellos, pero el Principito primero se divirtió y después insistió:

—Pero antes de hacerse grandes, los baobabs son pequeñitos.

Al fin me aclaró que allá en su planeta había hierbas buenas y malas. Lo más terrible eran las semillas de baobab, pues al crecer pueden hacer estallar a un planeta muy pequeño. Luego me pidió que realizara un dibujo para que así los niños de mi planeta pudieran saber del peligro de los baobabs.

Así que aquí tienen, mi boceto que busca advertir de estos peligros: tres baobabs ocupando por completo un planeta.

# 6

Pronto comprendí por qué a veces el Principito estaba melancólico. Desde hacía tiempo su única distracción había sido mirar las puestas de sol. Lo supe cuando en la mañana del cuarto día el Principito me dijo:

—Me gustan mucho las puestas de sol. Vamos a ver una…

Le expliqué que había que esperar a que el sol empezara a ocultarse. Primero él se sorprendió, después le dio risa y me dijo:

—¡Siempre creo estar todavía en mi planeta!

Y es que, al ser su planeta tan pequeño, después de ver una puesta de sol le bastaba recorrer su silla unos pasos y ya podía ver otro crepúsculo. Me contó que un día había visto cuarenta y tres atardeceres.

—Cuando uno está triste, son muy agradables las puestas de sol.

Le pregunté si había estado muy triste cuando vio tantos atardeceres, pero no me respondió.

## 7

En el quinto día, conocí otras noticias sobre la vida del Principito. Fue cuando él me dijo:

—Si un cordero come los arbustos, también puede comerse las flores, ¿no es así?

 26

—Un cordero se come todo lo que encuentra —respondí.

—¿Hasta las flores con espinas?

—Sí, incluso las flores que tienen espinas.

—Entonces, ¿para qué sirven las espinas?

Yo estaba muy ocupado con mi avión y no le contesté, pero él insistió dos veces y entonces le dije:

—Las espinas no sirven para nada, es la maldad de las flores lo que las hace brotar.

—¡Oh! —exclamó sorprendido.

Primero solo se quedó en silencio viéndome, pero después se molestó y me dijo:

—¡No te creo! Las flores son seres débiles, inocentes, se defienden como pueden y las espinas hacen que se sientan terribles.

Yo quería terminar mi trabajo, pero el Principito quería hablar del tema que le importaba:

—Tú ¿en realidad crees que las flores..? —empezó a decir, pero yo me puse un poco impaciente y no lo dejé terminar su pregunta.

—¡No, hombre, no! Yo no creo nada —le dije lo primero que se me vino a la mente—. ¡No ves que estoy ocupado en cosas serias!

—¡Cosas serias! ¡Hablas como los adultos! —dijo el Principito.

Lo miré y vi que estaba pálido de rabia.

Entonces me echó este discurso:

—Hace millones de años que las flores dan espinas; hace millones de años que los corderos comen hierbas y flores. ¿Y no es cosa seria tratar de entender por qué las flores hacen el esfuerzo de fabricar sus espinas, que para nada les sirven? ¿No es cosa seria la guerra de los corderos y las flores? Y el que yo conozca una flor única en el mundo, que solo existe en mi planeta, y que un corderito pueda destruirla sin darse cuenta de lo que hace, ¿no es importante?

Creí que había terminado de hablar, pero él continuó diciendo:

—Si alguien quiere una flor, y solo existe una flor como esa en millones de estrellas, eso basta para sentirse feliz al mirarla. Cuando uno está lejos mira el cielo y piensa que su flor está ahí, en alguna parte. Pero si el cordero se la come, eso para uno es como si todas las estrellas se apagaran. ¿No es eso importante?

Y no pudo decir nada más porque rompió a llorar. Ya no me importaba mi avión descompuesto, ni me importaban la sed ni el hambre ni la muerte, porque en mi planeta había un pequeño príncipe al que debía consolar. Lo tomé en mis brazos y le dije: "La flor que amas no corre peligro… Le dibujaré una protección y a tu cordero le pondré un bozal". Ya no supe qué decir, quería consolarlo… ¡Es tan misterioso el país de las lágrimas!

# 8

Pronto supe más de esa flor. Siempre hubo flores sencillas en el planeta del Principito. Flores que casi no ocupaban espacio y que no llamaban la atención. Pero esa era distinta. Nació de una semilla que no se sabía de dónde vino y el Principito la había cuidado con mucho cariño.

Cuando brotó como capullo, él la veía como un milagro.

Su figura no se acababa de mostrar, ya que iba eligiendo con mucho cuidado sus colores y de a poco iba sumando sus pétalos. Quería mostrarse con toda su belleza. ¡Claro, era muy coqueta! Aunque estuvo varios días arreglándose, cuando una mañana, al salir el sol, se abrió por completo mostrando todo su encanto, le dijo:

—¡Ah!, pero qué vergüenza, recién me despierto… Te pido perdón por mostrarme tan desarreglada.

El Principito en realidad estaba muy admirado.

—¡Qué bella eres! —le dijo.

—¿Verdad que sí? —respondió dulcemente la flor—. Además nací al mismo tiempo que el sol.

El Principito se dio cuenta de que no era muy modesta, pero eso no le importó porque estaba entusiasmado con su belleza.

—Creo que es hora del desayuno —añadió la flor—. Ten la bondad de pensar en mí.

Y el Principito, rápidamente, se fue a buscar una regadera para servirle agua fresca.

A veces la flor se quejaba, y a veces era un poco vanidosa. Una mañana le habló de sus cuatro espinas.

—¡Que vengan cuando quieran los tigres con sus garras, que yo sola puedo defenderme! —le dijo, muy orgullosa.

—En mi planeta no hay tigres —le aseguró el Principito.

—Yo no le tengo ningún miedo a los tigres, porque mis espinas son muy poderosas —siguió diciendo la flor—, pero lo que sí me da horror, son las corrientes de aire. ¿No tienes un biombo?

—Esta flor sí que es muy complicada —pensaba el Principito.

—En la noche quiero que me cubras con una esfera de cristal; en este planeta hace mucho frío. Aquí todo está mal instalado; en cambio, de allá de donde yo vengo…

Pero la flor había llegado en forma de semilla, así que al Principito se molestó mucho porque la vio diciendo mentiras.

Ella se dio cuenta y tosió para que él tuviera remordimientos, y volvió a reclamar y a quejarse:

—Pero ¿qué pasa con el biombo? —insistió y tosió más para que el Principito se preocupara por ella.

Finalmente el Principito entendió a su flor y me lo explicó así:

—¡En aquel momento no había comprendido nada! Debía haberla juzgado por sus actos y no por sus palabras. Ella me daba alegría y un agradable aroma. Perfumaba y alegraba todo mi planeta. Debí adivinar su ternura, detrás de sus inocentes mañas. ¡No es fácil entender a las flores! Y yo era demasiado joven para saber amarla.

# 9

Creo que el Principito aprovechó el paso de una bandada de pajarillos silvestres para irse. Se molestó con su flor y decidió marcharse.

Antes de partir, puso en orden su planeta. Limpió los dos pequeños volcanes que estaban en actividad, que le servían para calentar el desayuno, también otro volcán que estaba apagado, pero igual le gustaba cuidarlo; arrancó unos brotes de baobabs para que no fueran a crecer y ocupar todo el planeta.

Creía que no iba a volver.

Regó por última vez su flor y al ir a cubrirla con la esfera de cristal se dio cuenta de que tenía ganas de llorar.

—Adiós —le dijo a la flor.

La flor tosió, pero no era por estar resfriada.

—He sido una tonta —le dijo—. Te pido perdón. Trata de ser feliz.

No tuvo reproches ni quejas, y el Principito quedó asombrado, con la esfera de cristal en la mano.

—Yo te amo —dijo la flor—; si no lo sabes es por culpa mía. Has sido tan tonto como yo. Ahora vete y trata de ser feliz. Deja esa esfera de cristal, ya no la necesito.

—Pero el viento… —se preocupó el Principito.

—No estoy resfriada, ni me pasa nada malo. El aire fresco de la noche me hará bien. Soy una flor…

—Pero los animales…

—Tengo que soportar dos o tres orugas si deseo conocer mariposas. ¡Parece que son muy hermosas! Me gustaría mucho que me vinieran a visitar. Y si vienen las fieras, tengo mis garras para defenderme.

Y le mostraba sus cuatro espinas.

—Anda, has decidido irte, así que vete ya.

Era muy orgullosa, estaba triste y no quería que el Principito la viera llorar.

# 10

Había muchos asteroides cerca del planeta del Principito y, para conocerlos, él los fue a visitar. En el primero encontró a un rey, con un manto lujoso, que al verlo dijo:

—¡Oh, un vasallo de mi reino!

Para los reyes el mundo es simple: todos los demás son sus vasallos.

—Acércate para que te vea mejor —dijo el rey, contento de ser rey de alguien y poder conversar.

El Principito bostezó porque estaba cansado, pero el rey le dijo:

—No se debe bostezar en presencia del rey.

—Es que vengo de mi planeta, he hecho un largo viaje y no he dormido —respondió el Principito.

—Bien, entonces te ordeno bostezar —dijo el rey, que pretendía ser obedecido y no soportaba la insumisión. Sin embargo, era un rey bueno, y siempre ordenaba cosas razonables.

"Si yo le ordenara a un general que se convirtiera en gaviota, el general no podría hacerlo, no me obedecería; pero toda la culpa sería mía."

—¿Me puedo sentar? —preguntó el Principito.

—Te ordeno que te sientes —dijo el rey y recogió su largo manto.

El Principito se preguntaba sobre qué reinaría ese rey, y le pidió permiso para gobernaría una pregunta.

—Ahora te ordeno que me hagas una pregunta —respondió el rey.

—Majestad, ¿cuál es tu reino?

—Reino sobre todo —respondió el rey mostrándole otros planetas y estrellas.

—¿Sobre todo eso? —se asombró el Principito.

—Sobre todo eso —respondió el rey, muy tranquilo.

El Principito se sentía un poco triste por haber dejado su planeta y le pidió al rey ver una puesta de sol.

—Yo solo ordeno cosas razonables —explicó el rey—. Si le ordenara a un general que volara como una mariposa, no me obedecería; pero la culpa sería mía. Tú tendrás tu puesta de sol, pero debemos esperar que las condiciones sean favorables.

—¿Y cuándo será eso?

—Será dentro de unas horas. Como a las siete y media de la tarde ordenaré que el sol se ponga y verás cómo me obedece.

—Ya quiero marcharme —dijo el Principito, que ya estaba aburrido.

—No te vayas —dijo el rey, que se sentía muy orgulloso de tener un vasallo—. Si te quedas, te nombraré ministro de justicia.

—¿Ministro de qué?

—De justicia.

—¡Pero aquí no hay a quien juzgar!

—Entonces, te juzgarás a ti mismo. Si logras hacerlo bien, llegarás a ser un verdadero sabio.

—Yo me puedo juzgar en cualquier lugar.

—Creo que en algún rincón de mi planeta hay una vieja rata. Puedes juzgarla a ella y condenarla a muerte, pero luego debes perdonarla para que puedas juzgarla otra vez.

—Si su majestad quiere ser obedecido —dijo el Principito, decidido—, debe ordenarme que me vaya.

Ya que el rey no respondió, el Principito esperó un poco y después empezó a irse. Entonces el rey le gritó: "Te nombro mi embajador".

"Los adultos son muy extraños", pensaba el Principito al alejarse.

# 11

El segundo planeta estaba habitado por un vanidoso.

—¡Uh, qué bien, llegó un admirador! —dijo al verlo, pues para los vanidosos todas las demás personas son admiradores.

—¡Buenos días! —saludó al llegar el Principito—. Tu sombrero es curioso.

—Es para saludar cuando me aplauden —dijo el vanidoso—. Lo malo es que por aquí no pasa nadie. Golpea tus manos, una con la otra y verás —siguió diciendo el hombre vanidoso.

El Principito lo hizo y el vanidoso saludó levantando su sombrero.

Divertido, el Principito aplaudió más y el vanidoso siguió saludando.

—¿Es verdad que me admiras mucho? —preguntó el vanidoso.

—¿Qué es admirar?

—Es ver que soy el más bello, el mejor vestido, el más rico y el más inteligente del planeta.

—Pero si eres el único habitante de este planeta.

—Tú, igual admírame. Dame ese gusto.

—Está bien. Te admiro, pero ¿de qué te sirve?

Y el Principito se fue.

"Sí, los adultos son muy extraños" iba pensando.

# 12

En el siguiente planeta visitó a un bebedor. Estaba sentado frente a un montón de botellas vacías y otro montón de botellas con alcohol.

—¿Qué haces ahí? —preguntó el Principito.

—Bebo —respondió el bebedor.

—¿Por qué bebes?

—Porque quiero olvidar.

—¿Olvidar qué?

—Olvidar que tengo vergüenza.

—¿Vergüenza de qué?

—Vergüenza de beber —dijo el bebedor y se quedó callado.

El Principito se fue, pensando en lo extraño que eran los adultos.

# 13

El cuarto planeta era de un hombre de negocios que siempre estaba muy ocupado y ni se dio cuenta de que había llegado un visitante.

—Buenos días —saludó al llegar el Principito—. Tu cigarro está apagado.

—Tres más dos son cinco. Cinco más cuatro, nueve. Nueve más dos, once. Buenos días. No tengo tiempo para encenderlo de nuevo. Estoy muy ocupado —contestó el hombre mientras continuaba haciendo sus cuentas—. Veinte más cinco, son veinticinco. ¡Uff! Esto da un total de quinientos millones.

—Pero ¿quinientos millones de qué? —preguntó el Principito.

—¿Todavía estás ahí? Son quinientos millones de… Ya no sé… Yo soy una persona seria y tengo mucho trabajo, por eso nadie debe molestarme. Bueno, estaba yo en esos quinientos millones.

—¿Millones de qué? —insistió el Principito.

—De esas pequeñas cosas que se ven en el cielo —contestó el hombre de negocios—. Esas cosas doradas que hacen soñar a los perezosos. Yo soy persona seria y no tengo tiempo para soñar.

—Tú dices las estrellas…

—Sí, las estrellas.

—¿Y tienes quinientos millones? ¿Y qué haces con ellas?

—Nada, pero son mías porque soy el primero que decidió ser su dueño. Yo las cuento y vuelvo a contarlas. Soy un hombre muy serio. Escribo en un papel el número de mis estrellas y meto el papel en un cajón. Es como tenerlas en un banco.

—¿Y para qué te sirve ser dueño de las estrellas?

—Me sirve para ser rico.

—¡Ah!, pero ¿para qué sirve ser rico?

—Sirve para comprar otras estrellas, si es que alguien llega a encontrar más estrellas.

Sin embargo, el Principito tenía ideas muy diferentes.

—Yo —dijo— tengo una flor a la que riego todos los días, y tengo tres volcanes a los que limpio todas las semanas. Yo soy útil para mi flor y para mis volcanes, pero tú no eres útil para las estrellas.

El hombre de negocios no supo qué contestar y el Principito se fue, sin dejar de pensar en lo raro que eran los adultos.

# 14

El quinto planeta era el más pequeño. Solo cabían un farol y un farolero. El Principito no sabía de qué servirían, en un planeta sin casas ni gente. En cambio, pensó que aunque ese hombre fuera absurdo, era menos que el rey, el vanidoso, el bebedor y el hombre de negocios. "Cuando enciende el farol —pensó— es como si hiciera nacer una estrella o una flor. Cuando lo apaga, las hace dormir. Por eso su ocupación es hermosa y útil".

—Buenos días —saludó al farolero y luego continuó—. ¿Por qué apagas el farol?

—Es la consigna —respondió el hombre, y luego volvió a encender el farol.

—¿Y ahora por qué lo enciendes?

—Es la consigna.

—No te entiendo nada —dijo el Principito.

—Pues no hay mucho que debas entender. La consigna es la consigna —explicó el farolero y otra vez apagó el farol.

Después dijo:

—Antes yo encendía el farol en la noche y lo apagaba al llegar la mañana. Sin embargo, ahora este planeta se ha vuelto muy rápido: el día ya solo dura un minuto y yo debo encender y apagar el farol en cada minuto.

—¡Eso sí que es raro!

—Además, ya casi hace un mes de tu llegada. Treinta minutos, o sea treinta días. Hace un mes que estamos aquí conversando, y como yo nunca tengo descanso, lo que más quiero es dormir.

—Mala suerte —dijo el Principito, y como ya llevaba un mes en ese planeta, decidió marcharse.

Durante el viaje, pensaba que el farolero era el único de los hombres que había visto que se ocupaba de algo que no fuera él mismo. "Él es el único que hubiera podido llegar a ser mi amigo —se decía—, pero su planeta es demasiado pequeño y no tiene sitio para los dos".

# 15

El sexto planeta era muchísimo más grande y estaba habitado por un anciano que escribía en grandes libros que tenía en su escritorio.

—¡Al fin llega un explorador! —dijo el anciano muy emocionado al ver al Principito.

El Principito preguntó qué hacía y el anciano contestó que era geógrafo. Luego preguntó qué era un geógrafo y supo que era un sabio que conocía aquellos lugares donde estaban los mares, los ríos, las ciudades, las montañas y los desiertos. Al Principito este le pareció un buen trabajo, algo en verdad interesante, y quiso saber si en el planeta había océanos.

—Eso no puedo saberlo —fue la respuesta.

—Ah. ¿Y montañas?

—No puedo saberlo.

—¿Qué hay de ciudades, y ríos y desiertos?

—Tampoco puedo saberlo.

El Principito quedó decepcionado. El anciano le explicó que él solo era geógrafo, no explorador, que son los que investigan dónde están los mares y las montañas. El geógrafo toma nota de lo que dicen los exploradores y después se investiga si son honestos y dicen la verdad, también si no se trata de borrachos que ven doble y que no hablen de dos montañas donde solo hay una.

—Yo conozco a una persona —el Principito se acordó del hombre bebedor—, que sería un muy mal explorador.

—También se le piden pruebas al explorador de lo que ha encontrado —siguió diciendo—. Por ejemplo, si encontró una montaña, debe mostrar piedras grandes.

—Tú eres un explorador que viene de lejos. Cuéntame de tu planeta —dijo el anciano y le sacó punta a su lápiz para tomar notas.

El Principito habló de su planeta, de los volcanes y de la flor. El anciano señaló que las flores no importaban porque eran efímeras y él solo anotaba las cosas eternas.

—¿Qué quiere decir "efímeras"? —preguntó el Principito.

—Que duran poco y desaparecen pronto.

—Mi flor es efímera —reflexionó el Principito—, solo tiene cuatro espinas para defenderse, y yo la dejé sola.

Estaba arrepentido de haber dejado su planeta, pero igual preguntó qué planeta le recomendaba visitar y el anciano le dijo que fuera al planeta Tierra. El Principito se fue, ya sin pensar en los adultos, porque estaba muy ocupado pensando en su flor.

# 16

Entonces, el séptimo planeta visitado por el Principito fue la Tierra. En la Tierra todavía hay muchos reyes, hay miles de geógrafos, centenares de miles de hombres de negocios y millones de borrachos.

La Tierra es muy grande. Antes de la invención de la electricidad, había más de cuatrocientos sesenta mil faroleros para alumbrarla.

17

Todos los habitantes de la Tierra, puestos de pie y un poco apretados, podrían caber en una isla grande o en un país mediano. Esto, claro, no lo creerán las personas adultas, porque ellas opinan que ocupan mucho espacio y que son muy importantes, tanto como los baobabs. Como los adultos adoran los números, podrían hacer el cálculo, pero ustedes, amigos, confíen en lo que yo les digo.

Cuando llegó a la Tierra, el Principito se asombró de no encontrar a nadie y hasta pensó que se podía haber equivocado de planeta. Al fin vio algo que se movía y saludó:

—Buenas noches.

—Buenas noches —contestó una serpiente.

El Principito preguntó dónde estaba y la serpiente le dijo que en la Tierra, en África. El Principito averiguó por qué no había nadie y se enteró de que estaba en el desierto, donde no hay gente.

Luego la serpiente le preguntó por qué venía a la Tierra y el Principito le contestó que se había enojado con una flor y por eso había dejado su planeta. Después se quedaron en silencio.

—Eres un animal raro —dijo al fin el Principito—: flaco como un dedo.

—Sí —respondió la serpiente—, pero soy más poderoso que el dedo de un rey.

—Pues no lo pareces, ni siquiera tienes patas… No creo que puedas viajar…

La serpiente se enroscó en el tobillo del Principito y luego le aseguró: "Aunque no tenga patas, podría llevarte más lejos que un barco. A quien toco lo mando a la tierra de donde salió. Si alguna vez necesitas irte lejos y no volver, búscame. Yo te puedo ayudar si deseas volver a tu planeta".

—¿Por qué hablas de esa manera misteriosa?

—Yo resuelvo todos los misterios —aseguró la serpiente. Y ambos se quedaron en silencio.

# 18

El Principito atravesó el desierto y solo encontró una pequeña flor de tres pétalos. Después de saludarla, le preguntó dónde estaban los hombres. La flor, que solo había visto una vez pasar una caravana hacía ya tiempo, le dijo:

—Creo que solo hay seis o siete hombres —respondió—. Los vi una vez, pero no se sabe nunca dónde están. Como no tienen raíces, el viento los lleva. Y no tener raíces les causa amargura.

—Adiós —dijo el Principito.

—Adiós —contestó la flor.

# 19

El Principito subió a una montaña pensando que desde ahí vería todo el planeta y a todos los hombres, pero solo vio otras rocas afiladas.

—Buenos días —dijo, por si había alguien cerca.

—Buenos días... Buenos días —le contestó el eco.

—¿Quién eres? —dijo el Principito.

—¿Quién eres... Quién eres...? —respondió el eco.

—Sean mis amigos. Yo estoy solo —dijo el Principito.

—Yo estoy solo... Estoy solo... Solo... —respondió el eco.

"Pero qué planeta tan más extraño —pensó entonces—. Los hombres que habitan este lugar no tienen nada de imaginación, solo repiten lo que uno les dice... En cambio, allá en mi planeta yo tenía una bella flor y ella siempre era la primera en comenzar a hablar".

# 20

Después de caminar mucho, por arenales, rocas y nieves, encontró un camino y llegó a un jardín lleno de rosas floridas. Saludó y a su vez las rosas le contestaron el gesto; preguntó quiénes eran y ellas le dijeron que eran rosas.

El Principito se sintió muy triste. Su flor le había dicho que ella era única en el universo, y en ese jardín había cinco mil, todas parecidas. "Si las viera, se sentiría muy humillada —pensó—, tosería fuerte y fingiría morir, para evitar el ridículo".

Luego pensó que también él se había creído especial, pues tenía una flor única en el mundo. "Solo tengo la rosa y los tres pequeños volcanes de mi pequeño planeta —se dijo—. En realidad no soy un gran príncipe". Después, tendiéndose sobre la hierba, el Principito no pudo contenerse y lloró.

## 21

Entonces apareció un zorro.

—¡Buenos días! —dijo.

—¡Buenos días! —respondió el Principito, y se dio vuelta; pero no vio a nadie.

—Estoy aquí —dijo la voz—, junto al manzano.

—¿Quién eres? —dijo el Principito—. Eres muy bonito.

—Soy un zorro.

—Ven a jugar conmigo —lo llamó el Principito—. Yo estoy muy triste y también solo.

—No puedo jugar contigo —dijo el zorro—, puesto que yo no he sido domesticado.

El Principito no entendía, así que le preguntó al zorro qué significaba eso de "domesticar".

—Tú no eres de aquí —observó el zorro—. ¿Qué buscas?

—Busco a los hombres —aclaró el Principito—. Pero ¿qué quiere decir "domesticar"?

—Los hombres tienen escopetas y cazan —dijo el zorro—. También crían gallinas. ¿Tú buscas gallinas?

—No. Busco amigos. Pero ¿qué es lo que significa "domesticar"?

—Significa hacerse amigos. Para mí tú eres un chiquillo más entre otros tantos y yo soy para ti otro zorro entre miles de zorros, pero si me domesticas nos vamos a necesitar el uno al otro. Tú serás único para mí y yo lo seré para ti.

—Empiezo a entender —afirmó el Principito—. Cierta flor de mi planeta, me parece que me ha domesticado.

—Mi vida es aburrida —le dijo el zorro—. Cazo gallinas y los hombres me cazan a mí. Pero si tú me domesticaras mi vida sería mejor. Conocería el ruido de tus pasos y cuando llegaras saldría a recibirte. Al mirar el trigo maduro recordaría tus cabellos dorados —y añadió—: ¡Domestícame, por favor!

—No tengo tiempo —explicó el Principito—. Quiero buscarme amigos y conocer muchas cosas.

—Solo se conocen bien las cosas que se domestican —dijo el zorro—. Si quieres tener un amigo, deberás domesticarme.

—¿Y qué hay que hacer?

El zorro le explicó que había que tener mucha paciencia. Que se sentara en la hierba, cerca de él y sin hablar, y cada día podría sentarse un poco más cerca. Que todos los días viniera a la misma hora para que el zorro se acostumbrara a esperarlo.

Y así fue que el Principito domesticó al zorro y se hicieron amigos. Cuando llegó el día de la separación, el zorro le dijo que quería llorar; sin embargo, el Principito le recordó que fue el zorro quien quiso ser domesticado. Y añadió: "Si ahora lloras, no has ganado nada".

—Sí, he ganado —dijo el zorro—. Aunque te vayas, ahora tengo un amigo. Ve a ver de nuevo a las rosas y comprenderás que la tuya es única en el mundo. Cuando vuelvas te diré un secreto.

El Principito fue a ver a las rosas, que seguían muy hermosas. Pero se dio cuenta de que la suya era más importante para él que todas las demás juntas. "Ella es la flor que yo he cuidado y regado —se dijo—. Ella es la que protegí con un globo de cristal y un biombo para que no se resfriara. Ella es la rosa que escuché quejarse, alabarse y quedarse callada. Ella es mi rosa".

Volvió con el zorro y este le dijo:

—Mi secreto es muy sencillo: solo se ve bien con el corazón, porque lo esencial es invisible para los ojos.

—Lo esencial es invisible para los ojos —repitió el Principito.

—Es el tiempo que has perdido con tu rosa lo que la hace tan importante.

—Es el tiempo que he perdido con mi rosa…

—Ahora tú eres responsable para siempre de lo que has domesticado. Eres responsable de tu rosa.

—Yo soy el responsable de mi rosa —repitió el Principito y se fue.

## 22

—¡Buenos días! —dijo el Principito.

—¡Buenos días! —respondió el guardavías.

—¿Qué haces aquí? —preguntó el Principito.

—Despacho los trenes que llevan a los pasajeros, a veces a la derecha y a veces a la izquierda.

En ese momento pasó un tren tan rápido y con un escándalo que hizo temblar la cabina del guardavías.

—Parece que van apurados —dijo el Principito—. ¿Qué buscarán con tanta prisa?

—No sé, tampoco el hombre de la locomotora sabe —dijo el guardavías.

Otro tren pasó con un rugido en sentido contrario.

—¿Tan pronto vuelven? —preguntó el Principito.

—No, estos son otros —le respondió el guardavías.

—¿No se hallaban contentos donde estaban?

—Nunca nadie está contento donde se encuentra —dijo el guardavías, mientras pasaba veloz un tercer tren iluminado.

—Solo los niños saben qué es lo que buscan —aseguró el Principito—.

Gastan su tiempo en una muñeca de trapo y así la convierten en algo tan importante para ellos que lloran si se las quitan.

—Tienen suerte ellos —dijo seguro el guardavías.

## 23

—¡Buenos días! —dijo el Principito.

—¡Buenos días! —le contestó el comerciante.

El comerciante vendía unas píldoras que quitaban la sed. Uno se tomaba una píldora y no necesitaba ningún líquido por una semana.

—Así se ahorra tiempo —aseguró el comerciante—. Se puede ahorrar hasta cincuenta y tres minutos por semana.

—¿Y qué se puede hacer con ese tiempo? —preguntó el Principito.

—Cada uno hace lo que quiere.

—Si tuviera cincuenta y tres minutos para gastarlos en lo que quisiera, iría a mirar una fuente de agua.

# 24

Ya llevábamos ocho días en el desierto y el agua se había terminado. El Principito continuaba hablando de sus recuerdos, de todo lo que había visto y de su amigo el zorro, pero yo tenía mucha sed.

—Mi pequeño hombrecito —le dije—, ahora no se trata del zorro. Si nos quedamos aquí, nos moriremos de sed.

—Es bueno haber tenido un amigo —contestó el Principito—, aunque esté en peligro de morir de sed. Yo me siento muy contento de haber tenido como amigo a un zorro.

Me quedé observándolo y él me dijo:

—Yo también tengo sed. Vamos a buscar un pozo.

Y nos pusimos en marcha.

Caminamos varias horas, hasta que se hizo de noche y las estrellas empezaron a brillar. Yo tenía fiebre y necesitaba ver agua. Le pregunté al Principito cómo estaba su sed y él me contestó:

—Quizá el agua también puede ser buena para el corazón…

Como estábamos cansados nos sentamos. El Principito volvió a hablar:

—Las estrellas son lindas y es por una flor que no se ve…

Yo le dije que sí, porque estaba muy cansado y sabía que no había que hacerle preguntas, y él dijo:

—El desierto es bello.

Y después dijo:

—Lo bueno del desierto es que se puede encontrar un pozo en cualquier lugar.

Después el Principito se durmió. Yo lo cargué y seguí caminando. Me parecía que llevaba en los brazos un tesoro. Miré su rostro, su pelo y sus ojos cerrados y pensé: "Esto que veo es como si fuera una corteza. Lo que es en verdad importante no se ve".

Seguí caminando hasta que, al día siguiente, encontré el pozo.

# 25

—Los hombres se encierran en trenes rápidos, sin saber lo que buscan, entonces se inquietan y dan vueltas, y a veces no ven las cosas buenas que tienen cerca —dijo el Principito, mientras nos acercábamos al pozo.

El pozo que habíamos encontrado no se parecía nada a los pozos del desierto del Sahara. Los pozos del desierto son agujeros en la arena en los que hay un poco de agua. Pero ese parecía el pozo de un pueblo. Tenía una cuerda con una cubeta para sacar el agua.

Como no quería que el Principito se esforzara, le pedí me dejara sacar el agua, y enseguida subí el cubo lleno hasta el borde del pozo.

El Principito se rió, y divertido dijo:

—Tengo sed de esa agua. Quiero beber.

Levanté la cubeta hasta su boca y él bebió con los ojos cerrados. Aquella era como un agua mágica. Había nacido de nuestra marcha bajo las estrellas y del esfuerzo de mis brazos. Era agua buena para el corazón, una especie de regalo.

—Los hombres de tu planeta —dijo el Principito— cultivan cinco mil rosas juntas en un mismo jardín, pero no encuentran a la que buscan.

—No, no la encuentran —respondí.

—Lo que ellos buscan se podría encontrar en una sola rosa o en un poco de agua…

—Es posible —respondí.

El Principito añadió:

—Es que los ojos no siempre ven. Hay que buscar con el corazón.

Descansamos un rato y el Principito me dijo:

—Tienes que cumplir tu promesa. Prometiste dibujar un bozal para mi cordero. No olvides que yo soy el responsable de mi flor.

Saqué de mi bolsa mis lápices y mis dibujos y el Principito se rió al verlos.

—Tus baobabs parecen coles —me dijo—. Y las orejas del zorro parecen cuernos de tan largas que son, pero no te preocupes porque los niños entienden todo.

Después me dijo que el siguiente día era el aniversario de su llegada y que había caído muy cerca de donde estábamos.

—Entonces, cuando te encontré, tú regresabas al lugar donde caíste —le dije y agregué—: a lo mejor por el aniversario.

El Principito se sonrojó, entonces yo comprendí que estaba en lo cierto. También comprendí que extrañaba su planeta y que estaba pensando en volver.

Le dije que sentía temor, pero él solo respondió que arreglara mi avión para poder regresar y que al otro día nos encontraríamos.

Me fui recordando un poco al zorro. Cuando uno se deja domesticar, puede haber peligro de llorar un poco.

## 26

Junto al pozo de agua había un muro de piedras. Cuando al día siguiente volví de mi trabajo, vi al Principito arriba del muro y escuché que hablaba.

—¿No te acuerdas? ¡No fue en este lugar!

Alguien debe haberle respondido, porque dijo:

—¡Sí, sí! Ese fue el día. Pero no fue en este sitio.

Caminé hacia el muro y él volvió a hablar:

—Vendré esta noche. Espérame donde empiezan mis huellas en la arena. ¿Tienes un buen veneno? ¿Estás bien segura de que no sufriré mucho tiempo?

Yo seguía sin comprender nada. Él todavía dijo:

—¡Bueno, vete ya! Quiero bajarme.

Miré hacia abajo del muro y vi una de esas serpientes amarillas que provocan la muerte en pocos segundos. Busqué el revólver en mi bolsillo y corrí hacia ella, pero como hice ruido la serpiente se escapó y desapareció entre las piedras.

Llegué al muro justo a tiempo para recibir al Principito entre mis brazos. Él estaba muy pálido y frío.

—¿Con que ahora resulta que hablas con las serpientes? —le reclamé.

Él me miró muy serio, estiró los brazos y rodeó mi cuello.

—Me alegro de que hayas arreglado tu avión —me dijo—. Ahora podrás volver a tu casa.

Y agregó: "Yo también vuelvo hoy a mi planeta".

Tenía la mirada perdida allá en la lejanía.

—Tengo tu cordero y la caja para el cordero; y también tengo el bozal…

Comprendí que había tenido miedo y se lo dije. Él respondió:

—Esta noche voy a tener mucho más miedo.

Sentí que iba a pasar algo terrible. Me dio mucho dolor pensar que quizá no volvería a escuchar su risa.

Pero él me dijo:

—Esta noche hace ya un año que llegué… Mi estrella estará en el mismo sitio en que caí el año pasado —y añadió—: nunca se ve lo que es más importante.

—Sí, es verdad —respondí.

—Pasa lo mismo con la flor. Cuando se ama a una flor, y la flor está allá en una estrella, es muy lindo mirar hacia el cielo por la noche, porque parece como que todas las estrellas han florecido.

Yo seguía abrazándolo y pensando que se iría.

—Mirarás por la noche las estrellas —me explicó—, y mi estrella será para ti una cualquiera. Te gustará mirar a todas las estrellas, porque todas ellas serán tus amigas. Además te voy a hacer un regalo.

—¡Ah, mi pequeño muchachito, cómo me gusta escuchar tu dulce sonrisa!

—¡Ah, pues eso es muy bueno, ya que justamente mi risa será tu regalo! —me dijo.

—¡Cómo! ¿A qué te refieres? ¿Qué es lo que me quieres decir? —un poco confundido pregunté.

—Cuando por las noches mires el cielo, yo estaré en una de esas estrellas; y como yo reiré, te parecerá que todas aquellas estrellas ríen solo para ti. ¡Tú tendrás estrellas que saben reír!

Al terminar de decir esto, volvió a reír el Principito .

—Será como si en vez de darte estrellas, hubieran sido un montón de cascabeles que saben reír...

Y se rió más, pero después se puso serio y me dijo:

—Será mejor que esta noche no vengas.

—No me separaré de ti —respondí.

—Te parecerá que sufro... como si me fuera a morir... No vengas a verlo... Te haría sufrir a ti.

—No me separaré de ti —repetí.

Pero el Principito estaba inquieto.

—En realidad te lo digo también por esa serpiente —me explicó—. Podría morderte, yo no quiero que te pase nada malo. Las serpientes son muy peligrosas.

—He dicho que no me separaré de ti —le dije y añadí que cuando las serpientes muerden se les va todo el veneno, y no les queda nada para una segunda mordida.

Eso lo puso más tranquilo y al fin nos separamos. No podía dejar de pensar en él.

Cuando lo encontré esa noche, él caminaba con paso rápido. Al verme tomó mi mano y dijo:

—No debiste venir porque sufrirás. Creerás que estoy muerto, pero no será verdad.

Yo caminaba en silencio.

—Comprende —me dijo él—. Voy muy lejos. No puedo llevarme este cuerpo que pesa demasiado.

Yo seguía callado.

El Principito hizo un esfuerzo y me dijo:

—¿Sabes? Todo será bueno. Yo también miraré las estrellas, y todas las estrellas serán como el agua del pozo que encontramos. Todas las estrellas me darán de beber.

Yo ya no podía decir más, así que continué callado.

—¡Será muy divertido! —intentó consolarme—. Tú tendrás quinientos millones de cascabeles y yo también tendré quinientos millones de pozos de agua.

Luego el Principito se calló también. Estaba llorando.

—Es allí —me dijo—. Déjame ir a mí solo.

Caminó un poco y luego se sentó, porque tenía miedo; quería continuar hablando.

—¿Sabes?, mi flor… Solo yo soy responsable de mi flor. ¡Y ella es tan débil! ¡Y tan inocente! Solo tiene cuatro espinas pequeñas con las que protegerse contra el mundo…

Yo me senté, porque no me podía sostener de pie.

El Principito dijo:

—Ahí está la serpiente… Eso es todo.

Se levantó y dio un paso.

Yo no pude moverme.

Vi un relámpago amarillo que golpeaba su tobillo. Por un momento el Principito quedó inmóvil. No gritó, luego cayó como cae un árbol, suavemente; sin hacer ruido alguno, sobre la arena.

## 27

Eso pasó hace ya seis años... Nunca antes había contado esta historia. Cuando subí a mi avión y volví a mi país, los compañeros que encontré se sintieron contentos de volver a verme vivo. Yo estaba triste, pero les decía que era por el cansancio.

Ahora ya me he consolado un poco. Bueno, quiero decir que no estoy consolado del todo. Pero sé que el Principito volvió a su planeta, porque cuando pasó la noche y llegó el día no encontré su cuerpo. Un cuerpo que no era tan pesado... y por la noche me gusta escuchar a las estrellas. Parece que suenan como si fuesen quinientos millones de cascabeles. Y yo pienso que el Principito se está riendo y me pongo contento. Pero también tengo dudas, porque cuando dibujé el bozal para el cordero del Principito me olvidé de ponerle una correa, no sé si habrá podido ponérsela al cordero. A veces me pregunto qué habrá pasado en su planeta y me da miedo que el cordero se haya comido a la flor.

Sin embargo, después lo pienso mejor y me digo: "No, seguro que no. El Principito encierra su flor todas las noches dentro de un globo de cristal, pues así la protege para que no le pase nada malo. Además, él siempre vigila a su cordero".

Cuando pienso eso me siento feliz y me parece que todas las estrellas se ríen dulcemente.

Pero como los adultos siempre tenemos temores, otras veces pienso que uno puede distraerse y que si una noche el Principito se olvidara de ponerle a la flor el globo de cristal, el cordero podría salir sin hacer ruido y comérsela. Y cuando tengo esos pensamientos tristes, los cascabeles de las estrellas se convierten todos en lágrimas.

Ese es, para mí, el gran misterio. Para todos ustedes, que como yo quieren al Principito, nada sería igual en el universo si en alguna parte, no se sabe dónde, un cordero que no conocemos se ha comido, o no se ha comido, a una pequeña rosa.

Por eso, yo les pido que miren al cielo y pregunten: "¿El cordero se ha comido, o no se ha comido a la flor?". Porque todo puede cambiar según lo que haya pasado.

Y ninguna persona adulta podrá comprender jamás que esas cosas sean en verdad importantes.

## Epílogo

Este es para mí el más bello y el más triste paisaje del mundo. Aquí, en este lugar, fue donde el Principito apareció en la tierra y donde luego desapareció. Miren con atención este paisaje para que lo reconozcan si un día viajan por el desierto, en África, y si llegan a pasar por allí, les pido que no se apresuren, que se detengan y esperen un momento, exactamente debajo de la estrella.

Si entonces un niño va hacia ustedes, si tiene cabellos de oro y se ríe, y no responde cuando se le hace una pregunta, adivinarán quién es. Entonces, sean buenos. No me dejen tan triste. Escríbanme enseguida para contarme que él ha vuelto…

Esta obra se terminó de imprimir en los talleres de:
**DIVERSIDAD GRÁFICA S.A. DE C.V.**
Privada de Av. 11 #4-5, Col. El Vergel, Del. Iztapalapa,
C.P. 09880, Ciudad de México, Tel. 5426-6386
www.diversidadgrafica.com